U0023539

宇宙是嶄新的投影機
輕輕把你放進去
從此心上映照
愛這個字

未來情書

楊采菲——著

目錄

宋

來

情

未

爭執

全聯門口斜坡上
停滿了早該騎走的機車
遲遲，出來的都不是
能把空間繳回的人

她望了望，又望了望
沒希望了
停到一排車最左邊
至高處
小心翼翼下座
像跳芭蕾舞
踮了腳尖

如果她的物理夠好計算夠精準
如果她的地理夠好夠了解地形
如果她知道那不只是一陣微風

右一機車倒了

右二機車倒了

右三機車倒了

右四右五右六又倒了又倒了

她什麼都沒買

黃昏的大斜坡很吵

看過去什麼都紅紅的熱熱的

很模糊

像一幅眼熟的印象畫

戲偶

你嶄新的愛人
如此完美，可惜
身上沾染薄薄一層
別人愛過的痕跡

你時時勤撫拭
每擦一處就蓋印
標明此人所屬
證明此愛無塵
此情光可鑑人

一層層擦去
一層層蓋印
一天比一天
純粹潔淨
直到

他身軀裡再沒有他自己

只剩下你和你的簽名

夏別

夏天來臨前
輕輕打開我的門
打開我們
心心相印卻唯一
空出來的
那塊時空

風扇轉動前
細心擦拭扇葉
除塵、去垢
寂靜開枝散葉
本來無一物
眼前盡是迷霧

颱風逼近前
收起晾曬的衣物
掛回衣櫥

接受命運暗示
誰都無法收下
愛這貴重的禮物
曬乾後回到自己
才是最好歸處

分岔

直到髮尾吐出蛇信

我才驚覺

愛已鞭長

莫及

分岔

直	到	髮	尾	吐	出	蛇	信		

我	才	驚	覺						

愛	已	鞭	長						

莫	及								

藏書者

翻書時

被一行字割傷

發現你用愛

刻了陌生的名字

藏書者

翻書時
被一行字割傷
發現你用愛
刻了陌生的名字

迴力鏢

慢慢吐氣
慢慢把加 ed 的愛
對空吐出去

回音迅速佔據耳膜
爬滿痛絕

菸

也許
對雲朵附耳
是為了讓自焚的壯烈
上達天聽

菸

也許

對雲朵附耳

是為了讓自焚的壯烈

上達天聽

扇。散

要轉幾個輪迴

才能風乾

我肌理中不斷涔涔

湧出的

熱淚

失戀者

一把傘剛從暴雨夜裡
被撐回來
靜靜靠在牆角

雨停了還要
從自身，不斷
簌簌流下

透明傘

愛都昇華了
空虛凝結後
順著你的輪廓
驟然落下

我傾身向你
一擁抱竟
穿過雨的胸膛

長虹橋

要凝固多少次
雨後堅強起來的淚光
才能讓你牢固地
把虛無走成
堅堅實實
通往彼岸的路

長虹橋

要凝固多少次

雨後堅強起來的淚光

才能讓你牢固地

把虛無走成

堅堅實實

通往彼岸的路

長相思

說再見後
再也不必擔心
你不見了

宇宙是嶄新的投影機
輕輕把你放進去
從此心上映照
愛這個字

成績單

長大後
不再有人教你愛了

飯前洗手飯後漱口
隨身攜帶手帕衛生紙
咳嗽打嗝打噴嚏大笑
都要捂住嘴巴
指甲剪短清洗乾淨
洗臉要洗耳後
洗澡不忘肚臍
飯吃七分飽
剩下三分留給微笑
感謝天感謝地
感謝老師和廚房阿姨

孤單的你站在操場中央
什麼都想不起

服裝儀容檢查不合格

學科操行成績不及格

被月老一腳

狠狠踢出去

第五季

這一季沒有雨
風也輕輕
沒有濃縮咖啡
黑巧克力

誰彈奏豎琴
正好誰也吹笛
日子又翻一頁過去
任何指印都引不起漣漪

伸出手就是記憶的長度
往事很短
不用轉身就能回顧
多了這麼多無事的下午

多了這麼多無事的下午
散再多步都只是因為

養了寂寞需要放牧

日子又翻了多少頁過去
無事，無事的不只下午
黑白的第五季採收不到任何新奇

獨獨，在哪裡想起你
世界的中心
就移到了那裡

紙藝

把珍藏多年的一小張
愛，交給你

歲月靜好中倚頭
脈脈看著你
將它折疊成
傷

ACCIDENT 愛是疼的

撞上安全島前
你一直是安全駕駛

安全與安全相遇
釀成悲劇
在愛裡你說
我們都是好人

花祭

暮色漫過每一塚
凋落的耳語
溪水斂眉
默默退去

執子之手
管管蘆荻
再難盈握

子不待我
先白了頭

致一整個房間的國家

這次我不再說了
替你擰熄床頭那台
無論調幅調頻
都只收錄雜音
歇斯底里的收音機
在你別過頭去的床沿
和自己的手語
共此燈燭光
兔子，小狗，蝴蝶，
剪刀，石頭，布

兔子，小狗，蝴蝶，
剪刀剪碎了
不輪轉的手語
石頭碾碎了
詞彙貧乏的自言自語
布緩緩攤開

說夜深了到此為止
有什麼明天再說
將所有激動的無聲之聲
全都摀住

這次不再說了
我推開門
退出這個
收音機壞了的房間
一切都壞了
壞得很安靜
壞得很美好
而安靜和美好
向來有助睡眠

我關上門
祝你夜夜夜夜
都是晚安

辦桌

新娘新娘水噹噹
褲底破一空
後壁蹦米香

大紅色野台下
我們蹲成螃蟹
爬進去，不時仰望
一塊塊木板間隙
想看她長裙裡是否
長得像童謠裡那樣
鞭炮聲熱熱鬧鬧炸起來
像水灌進蟋蟀窩
我們拋開童年竄出來

菜尾熱完放在桌上
千篇一律的酸辣鹹
不知有沒有人為新娘留一份

穿著清涼全身亂扭那幾位
唱當初不如麥熟識那幾位
大划酒拳爛醉鬧事那幾位
菜沒吃完急著裝袋那幾位
一包紅包七人赴宴那幾位
回家後混在一起的那些滋味
不曉得她卸妝後吃了沒有

新娘新娘水噹噹
明早起要日日伺候尪
奉獻給一大家子
她最好的時光
不知何時才會想起
不知何時才能補起
最美麗最美好那天
就已經破的
一空

治療

明白先知能力只是幻覺後
你開始吞彩虹顏色的藥
圓圓的，小小的
一顆或半顆
白色那顆剖半
好像新月

吃下去，眼前一道牆
上面有藤蔓、蝸牛、聖誕紅
蛋糕、巧克力、甜甜圈
獨角獸眨眼的聲音
水晶質感的露珠
全都向下融化
金色葉子都凋落
最後一片蓋住已故
但是常來拜訪的祖母

牆刷白了

風一吹，乾了透明了
耳朵裡的蝴蝶終於飛出去了
眼裡好多紅蜻蜓綠金龜
也都飛了，那些你曾經
引以為傲的超能力

吃下去
你很快就沒事了
已故世界不會再來探望
未來的也不會，吃下去
可以安分守己腳踏實地
中規中矩當一個堂堂正正
健健康康會跑會跳會笑的人

你很快就會笑了
你很快就會睡了
睡很久很久
很久很久直到
醒來變回
人見人愛的
正常人

寫給你的花東之旅

如果海風吹得太苦鹹
記得山脈上飄著棉花糖
如果山巒讓你迷途
請把訊息託給風信子

如果路太崎嶇顛簸
把目光交給海平面
如果記憶不復記憶
還能學幾句山神語言

如果我愛你太遙遠
勇敢拿掉愛
你我二字就會近些

如果被命運傷了心
別客氣，拿起溫柔
朝八方丟出去

要知道，你所給出的
都是迴力鏢

如果恰巧我不在家
整座海洋都能讓你寄宿
開門只需一滴眼淚
我房間是最藍那間

雨夜致故人

我想和你回到美崙山下
日式料理亭裡我們
生冷卻肥美
嗆辣卻甘醇
新鮮卻充滿細菌的
青春，夾一塊入口
滿佈觸電的麻

我想，和你回到美崙山上
把長長的山路
再次趁無人留意
貼在腳底帶下市區
趕上三點售罄的龍鳳腿
曠課最好的獎勵
而那龍與鳳，為何合腿
細碎交揉的內裡，融合的
是難以兼得的魚與熊掌嗎

我想，再次遙望越來

越遠顏色越深的美崙山

青春卻越來越輕

越來越透明

世間瞬時充滿

本來無一物

當初何必念未來

那樣連綿不絕的回音

瓶中信

我想帶你回到上世紀
乖乖、孔雀餅乾
麥香紅茶、津津蘆筍汁
山神為遠足鋪了一條
充滿魚蝦的桌巾
山石磊磊、笑語錯落
山樹青青、時光年輕
那地方叫永福

我想帶你回到上世紀
芳香的成套信封信紙
講究的郵票和貼紙
思念很長，書寫和寄達
需要的時間很久
看來看去同一封信
想來想去同一個人

我想帶你回到上世紀
曲折心事還沒被發明
愛還沒讓人學會
恨另一個人
不計較天長地久
也不知道
有天將成為曾經擁有

我想帶你回到一切都沒關聯
也想帶你回到一切都沒關係
在長濱海灘上
把你名字彩繪、綁線
讓它高飛
讓它掙脫
隨海風
繼續上升

上升，再上升
就是海岸山脈
那地方叫永福
祝你永遠幸福

註：永福山上是我國小一年級遠足的地點。離開家鄉後，每當戀愛，總想把那人帶回長濱，和他一起回到無憂無慮的童年。

謝謝你

我要對你說句
謝謝你
出現在這宇宙
賦予某段時空意義
卻出奇安靜
只咬蘋果一小口
剩下慷慨交給
螞蟻和黴菌

我要對你說句
謝謝你
有時給我雨
灌溉乾枯的眼睛
有時給我風，給我雲
給我一個放風箏的長堤
讓我回到孩提

我要對你說

長句或短句

合併句或排比句

很多很多句

謝謝你

讓焦點模糊

讓其他聲響越來越輕

輕到無法記憶

讓你忘記我曾說過

嗨很高興認識你

蛋黃書

親愛的旅人，我已經
接獲圖片訊息
妳手中名為 B612
那顆手作蛋黃酥
親愛的妳，依舊含蓄
兩三行後消失眼前
乘行星滑向行星

總有人笑妳的笑
哭妳的哭
蛋黃妳的蛋黃酥
歲月這樣告訴我們
我們這樣告訴青春

親愛的女人，化身
誰的玫瑰誰的酒
誰的燭光誰的窗

親愛的妳，悠然
回頭看自己
曾淋濕的眼眶
曾緊握的徬徨
曾誓言不再如何
卻堅持到了最後

總有人油皮妳的油皮
油酥妳的油酥
刷了蛋黃液
撒上芝麻變成星光
歲月這樣告訴我們
我們這樣告訴青春

親愛的我們
送入烤箱時分
分不清中筋低筋麵粉
記不得過程幾個轉身
留下香氣給旅程

註：好友傳來生平第一個手作蛋黃酥，我只誇她厲害，沒有告訴她：「二十年前這時候我們一起做的，才真正是妳的第一個蛋黃酥。」

那是她先生過世後，第一個沒有他的中秋節。

來

風說

在門前放些花瓣
是風說話的方式
紅色是玫瑰
藍色是勿忘我

當晨光灑落
當星光交輝
當每次路過
燦爛的你

秘密

我有一封信
天天抵達你多雨的窗櫺
穿過雨滴縫隙
一句句朗讀自己
卻又小心翼翼
避開你

秘密

我有一封信
天天抵達你多雨的窗櫺
穿過雨滴縫隙
一句句朗讀自己
卻又小心翼翼
避開你

湖的心事

我也不知自己怎麼了
長長的柳枝
在風中招展
引你的路
細細的波紋
卻向岸邊悠悠
推開你

一樹在林

沒有不同，唯有知曉
千樹之中何處是你

悄然走近
卻又無處藏匿
我是
枝頭忍不住的
風

一樹在林

沒有不同，唯有知曉

千樹之中何處是你

悄然走近

卻又無處藏匿

我是

枝頭忍不住的

風

收信

寄給你的信
在隔天清晨收到
才知道收件地址
被寫成自己的

信封上
限時郵票輕聲問我
這麼急著想對自己
說什麼

證明

在你面前
翻遍口袋找不出
足夠美麗
只翻出一雙
鍾情於你的眼睛

微不足道，但是否
能夠充當
值得被你看見的證明

愛蓮說

你佯裝不經意
撥開池邊重重符碼
要世界別過頭去
傾向一邊
好讓你，向我
向顫顫池水間
那千瓣之蓮

向我頸背脊柱
向我身後水光瀲灩
向你恆在開口瞬間消融
精煉成空的語言

不見池底純以金沙佈地
你只見我是那蓮
只見我背對你沉眠

不見池底純以金沙佈地

你不知，我已不是那蓮

為了轉身凝望

為了多情那雙眼

在池底我早已為你

碎為

漫

漫

金

沙

I Lava You

瞬間噴發
卻緩慢，蜿蜒前進
這比水濃十萬倍的血

到達之前
推倒一切
焚盡目光所及
以一千度高溫

最後
在你面前
摔下自己
冷卻凝固成
扭曲的愛字

註：lava（熔岩、岩漿）一字來自義大利語，源頭是拉丁語 labes，意思為「摔下」，在此為 love 的諧音。

蛛網

我終年縫製的

就是一張透明迷宮

等你不慎

自花間跌落

再佯裝不經意，將你

納入胸懷

蛛網

我終年縫製的

就是一張透明迷宮

等你不慎

自花間跌落

再佯裝不經意，將你

納入胸懷

三個字

你的名字
是比
我愛你
更美的
三個字

三個字

你	的	名	字						

是	比								

我	愛	你							

更	美	的							

三	個	字							

致此刻

今夜星光
在昨夜
與更早之前
已經閃耀過

我的愛
在這之前
以及更久前
已經燦爛過

那麼
天地間唯一的新意
就只剩下你了

春光

小小金刺
在肌理中隨處漫開
繡發燙的字

不須讀懂也讓人
心跳臉紅

春光

小小金刺

在肌理中隨處漫開

繡發燙的字

不須讀懂也讓人

心跳臉紅

玻璃鞋

十二點一到
我就要放開自己
悄悄落在
你必路經的階梯上

好讓你又驚又喜
輕柔捧起
問我究竟
屬於誰

依附亦是惹羞

I wouldn't mind if you steal the show.

來我左側
來我看似荒原實則
含苞的左岸

來我亭亭而立的苦楝樹
烈日下與它
曬成一雙深色影子

來我搭好舞台的心房
受擁為王，掌管
所有屈膝臣服的心跳

來我左側
讓黃昏輕抹頰彩
眼中含情無處可放

讓臂膀輕靠臂膀

時光旋入時光

王子之狸

該怎樣長出茸茸細毛
在眉間
在耳際
該怎樣細長雙眼
一甩馬尾，成為
慧黠的狐狸

該怎樣長出指爪
弓身趺坐
怯生生等在
你狩獵的森林小徑
該怎樣期待你
一天天更貼近

該怎樣抗拒
怎樣逃離
怎樣被你
一寸寸收服

該怎樣告訴你

我願意

情

通關

等妳，在雨聲經年的錯落
在去日蹉跎
在夢境逐夜的殞落
在來日苦多

等你，在一紙冷冷的空白
在花蕾未開
在五絃切切的獨白
在春雷未來

等妳（等你）
按圖尋來，我在
萬千座連通迷宮
唯一出口
通關
以愛

花束

獻給初春的窗簾
獻給雨後的草原
獻給靜臥的鳥羽
獻給灑落的晨光

獻給指間的墨漬
獻給薄荷味的詩
獻給盲目和慌亂
獻給驕傲和固執

獻給每條荊棘路
獻給每個紀念日
獻給你我，終於
成為被決定的事

耳語

我附在你耳邊
說的那句話
輕柔得
叫整片玉米田
都忍不住
側耳聽見了

玉蜀黍們露齒而笑
還不忘羞怯地
以柔軟的鬚半遮面
只留一隻眼睛
多情瞅著
你定格的模樣

唇膏

融化
是我必然的宿命

你傾身貼近
眾籟屏息
允許我以純然
寂靜，輕輕
覆蓋你雙唇

唇膏

融化

是我必然的宿命

你傾身貼近

眾籟屏息

允許我以純然

寂靜，輕輕

覆蓋你雙唇

夜明珠

你沉沉睡去
月光下沙岸
有靜謐的悠藍
浪聲繾綣
拍打著岸

我胸臆中潛藏
透明扇貝
此際緩緩開展
將你採擷，將你
永恆地收納

蝶戀花

最是回眸那刻
讓我傾情相注

你款款的燈芯
高溫的花蕊
教人怎不飛撲
向火

籬內

越過羅蘭色的夜

月微微發冷

你的頸香，白玉桔梗

適合澆灌

以吻

籬內

越過羅蘭色的夜
月微微發冷
你的頸香，白玉桔梗
適合澆灌
以吻

熔爐

世上最熱的
莫過於你胸前
那只小火爐

讓我熔掉了
泰半的靈魂

熔爐

世上最熱的

莫過於你胸前

那只小火爐

讓我熔掉了

泰半的靈魂

戀習曲

入夜後
我沒了名字
在你口中
每個發語詞
都轉品成
我的暱稱

戀習曲

入夜後

我沒了名字

在你口中

每個發語詞

都轉品成

我的暱稱

致黑騎士

相見那刻
就注定融化

你若不融在我
充滿渴望的視線
那麼，含在口中如何？

當你在我之中
每聲熱烈回音
都將緊緊纏繞
複誦你的名

當你在我之中
我將顫為
冰火相會之時
那最高音

註：黑騎士是雪花冰的名稱。

蓋印

拇指壓入印泥
深擁著
將彼此記憶
從此你心上
恆藏我溫度
從此我身上
恆印你紋路

蓋印

拇	指	壓	入	印	泥

深	擁	著

將	彼	此	記	憶

從	此	你	心	上

恆	藏	我	溫	度

從	此	我	身	上

恆	印	你	紋	路

微小問句

如果你給我的
和給別人的一樣
那我就不要了

但親愛的
你給別人的
總是遠遠大於給我的

我該如何
告訴你我不要
又該如何
告訴你
我要

註：前三句出自三毛。

迷霧森林（賀穎青蔡蘋新婚）

「如果妳是森林，那我已經迷路了。」 ——蔡穎青

要我如何不登山
唯有不斷向上
才高過人生起伏
要我如何不落淚
唯有洗去塵埃
才清晰看見前方

要我如何不在妳面前
失去方向
遺忘曾經
要我如何不為妳褪去
野獸外衣
一身傷疤

要我如何不去看

妳美麗的名字
早已戴著我的姓氏
有如我想為妳戴上的花環

要我如何
如何走出森林
愛是迷霧
而我甘心受困
給自己永恆的理由
和妳守住幸福

註：引用那句是表弟婚前對妻子說的話。弟妹也姓蔡，彷彿命運已經為她冠好夫姓。

從今以後（賀愛欣柏宇新婚）

從今以後，我就專心
當起這樣的人
為你晚睡
為你早起
為你每日整理好羽翼
為你起飛
為你降落
為你留意最美的城郭

從今以後，我就甘心
當起這樣的人
為你平凡
為你純粹
為你守住清清這瓢水
為你專注
為你虔誠
為你擦拭每一個晨昏

從今以後，我就放心
當起這樣的人
為你透明
為你晶瑩
為你燦亮黑夜過的心
為你快樂
為你自在
為你在風雨中懷抱愛

從今以後，我們就同心
當起這樣的人
從今以後，我們就全心
互為左右，互為表裡
結合成這樣
完整的人

註：愛欣是我的大妹。

宿緣（賀怡珮新婚）

一直知道那是你
和我不斷擦肩而過
人群中原地盤旋
繞著同一個圓心
擦肩，只是擦肩
交會瞬間莫名心悸

一直知道那是你
夕陽餘暉中
對面山頭上
那棟發光的房子
同時你也
望向我所在之處
看見同樣景致

一直知道是你
一直知道

你就在那裡

帶著我一世心甘情願

不但等待遇見

還走上紅毯

走進我每一個春天

註：怡珮是我高中三年同班同學。

以下同上

為了讓今日明日都如同
與你相見的昨日，為了
以各種不需發音的方式
喚你的名字，年年日日

為了合法，把心安放在
各種因愛而起的小爭執
各種命運為真心設置的
小小考試，各種艱難時

為了下午三點一刻準時
憶起甜點般的戀愛往事
為了知足，一半分你吃
另一半成為對你的稱呼

為了長長的契約無數字
每個字形狀都約略貌似

愛這個字，捧讀一輩子
甘願讓對的人修正錯字

為了重複，每天早晨再
相遇一次，相愛一次再
重新做出同樣選擇一次
老到我們都找不到牙齒

為了牽起手，除了無悔
其餘諸事皆忘執著皆放
我要在婚約第一行寫下
至死不渝，以下同上。

註：這首詩要獻給那個等在旅程終點、我最最親愛的人。

書

未來情書(一)

我常想：你在哪兒呢？
我打開社群軟體，繁星點點那麼多人，你也在裡頭嗎？
你是不是正快速瀏覽頁面，匆匆略過我誠懇的心？

如果我說，我一定會善待你，你會停下來，多看我一眼嗎？
如果我說，我一定會為你等待，你會聽見我的聲音嗎？
如果絕望了，再不發出聲音，會有奇蹟為我亮起燈火嗎？
在你路過的時候。

我已經為你，空出我整個宇宙，我最透明的心。

未來情書㈡

高雄火車站前的車輛，一部佔據路面一格。
紅燈攔下眾車，此刻，像水泥牆貼上彩色磁磚，瞬時繽紛起來。

綠燈亮了，彩磁如川流去，彷彿水中漂動著一幅綿長的印象畫，要繞過千百個山頭，回到畫家筆下。回到賦予它靈魂的地方。

我在天橋上，看著一幅幅抽象畫流向遠方。
問自己：那麼，是什麼賦予我靈魂？我，該回到哪裡呢？

對著車潮用力揮手，彷彿看見你。

未來情書㈢

我在鳳山西站，手扶梯上。
細看著扶把上隱約的指痕，把手放上去，好像正跟人握手。

這一生，我究竟在各地和多少指紋交會過？
這萬千指印中會不會，其實有過你的？

在各站都見過幾枚親切的指印，親切到幾乎能以你為命名。
日子一一疊上去，隱沒其他，只留最鮮明的印記。
時間洗刷後，深刻的，變得更加深刻。

把手放在既相同又不同的那些位置上，像是感應磁極。
把自己放在歲月裡既柔軟又堅定的位置，期待偶然相遇。
一次次累積，直到我們毫不費力，就在人海中辨識出對方。
直到我們成為彼此，真誠且永恆的印記。

未來情書㈣

我在美麗島站，穹頂大廳。

世上最美麗的顏色，似乎都聚集在這小小的圓頂了。
穹頂下，美麗的人們自各出口湧來、退去，在這裡交錯。

交會，同時錯過，他們不為彼此停留。
像那些美麗色彩，各自往不同方向延伸。
交會，為了同時錯過，他們不為擦肩而過的最美麗停留，
只知道要往各自的方向而去。

我在圖騰最中央，彷彿正站在其中一個移動色塊上。
往前去，風聲呼嘯，茫然看著光速移動的風景。
肌膚因風的切割感到痛楚，落下眼淚。
但告訴自己，要忍住疼痛，要忍受一再的交會與錯過。
因為，不和那些刀樣的美麗交錯，不讓心被鑽石切割，
就無法閃亮著一身往你而去。

我在圖騰最中央，斑斕五彩映在此刻滿是瘡痍的身上。

彷彿接受填補，彷彿鳳凰在竄起的烈焰間，浴火重生。

未來情書(五)

親愛的，夏季亦是雨季。

雨後初晴，水溝蓋上冒出一顆老鼠頭。
牠扶住蓋孔兩側，鼻頭微揚，半瞇雙眼享受陽光。
銀鬚在風中顫動，水珠在太陽下閃金光，四周靜謐安詳。

我在一旁，感動萬分。
陽光、空氣、水，對萬物有利，不將他們分為高低優劣。
即使老鼠都能在其中找到安適幸福，感到自己彌足珍貴，
這樣神奇的力量，令人熱淚盈眶。

走一條漫長坎坷的感情路，也彷彿老鼠過街吧？
命運千棍萬棒，彷彿告訴人，他們配不上幸福。
所幸，風雨過後偶有平穩安適的小時光，帶給人希望。

我在雨後的水窪中，瞥見令人驚喜的一道虹彩。

小巧細緻，彷彿量身訂作。

而那之中，有著未曾謀面的，你的模樣。

未來情書㈥

今日白露。

淡水暮色裡飛來一雙白鷺。

飛去又歸來，幾經流轉後，還能是同樣一雙嗎？

親愛的，潮水承載著我對你的千言萬語。

一次又一次在歲月裡向前奔湧、撞擊碎裂，

一遍又一遍在時光中集結殘破、縫補成圓。

在人群中，我彷彿已經輪迴過千百個生生世世，

每一生相遇，不同容顏，但同樣是你。

每一世離別，不同原因，卻同樣令人捧心。

還會繼續輪迴下去嗎？

還會繼續等待下去的。

直到我們都履行完所有與漂泊的約定，

我將在金色水岸這頭與你相會。

我在，捷運紅線盡頭與你相見，

和你一同走進我們共有的每個明天。

親愛的，
謝謝你陪我走到了這裡。
現在開始，
我要自己一個人走了。

當千萬年中，
千萬本書裡，
偶然打開這本詩集，
你會看見我，
看見你自己，
看見愛，
看見萬事萬物裡，
都有宇宙的用心。

《以愛為名》

國家圖書館出版品預行編目（CIP）資料

未來情書 / 楊采菲著 . -- 初版 . -- 新北市 : 斑馬線
出版社 , 2023.11
面 ; 公分
ISBN 978-626-97832-2-9(平裝)

863.51　　112018014

未來情書

作　　者：楊采菲
總 編 輯：施榮華
封面設計：余佩蓁

發 行 人：張仰賢
社　　長：許　赫
副 社 長：龍　青
出 版 者：斑馬線文庫有限公司
法律顧問：林仟雯律師

斑馬線文庫
通訊地址：234 新北市永和區民光街 20 巷 7 號 1 樓
連絡電話：0922542983

製版印刷：龍虎電腦排版股份有限公司
出版日期：2023 年 11 月
ISBN：978-626-97832-2-9
定　　價：360 元

本書封面採 FSC 認證用紙　本書印刷採環保油墨